Joyeux Noël, Nicky, Donna et Frankie !
R.S.

Un merci tout spécial à Maria

Titre original : Merry Christmas, Splat
Copyright © 2009 by Rob Scotton
Publié par arrangement avec HarperCollins Children's Books,
Une division de HarperCollins Publishers Inc.

Traduction de Rose-Marie Vassallo

© 2011 Éditions Nathan, Sejer, 25 avenue Pierre-de-Coubertin 75013 Paris
ISBN : 978-2-09-252771-9
Loi n° 49-956 du 16 juillet 1949
sur les publications destinées à la jeunesse
N° éditeur : 10217709 - Dépôt légal : août 2013
Achevé d'imprimer en août 2015 par Pollina - 85400, Luçon, France - L73168

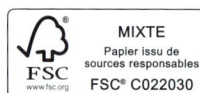

Rob Scotton

Joyeux Noël, Splat !

« Écrire au père Noël, dit Splat,
c'est vraiment très important.
Sinon, comment saura-t-il
ce qu'on veut ? »

Harry Souris est bien d'accord.

Le crayon de Splat griffonne et griffonne, et...
« Fini ! » dit-il. Il montre sa lettre, tout fier.
Harry Souris est impressionné.

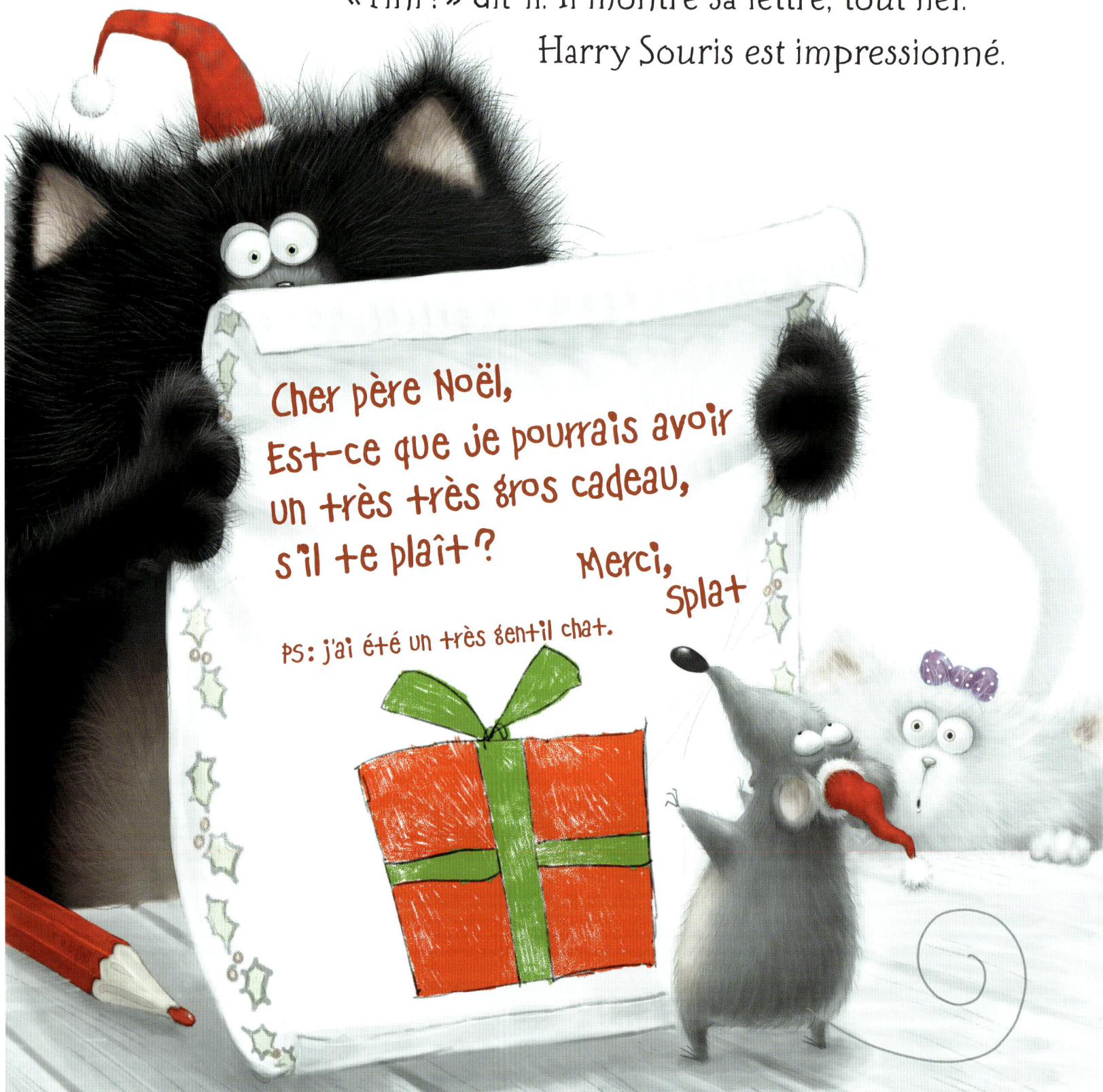

Cher père Noël,
Est-ce que je pourrais avoir
un très très gros cadeau,
s'il te plaît ?

Merci,
Splat

PS : j'ai été un très gentil chat.

« Tu sais, dit sa petite sœur, c'est seulement aux très très gentils chats que le père Noël apporte des très très gros cadeaux. Tu es sûr d'avoir été assez gentil ? »

« Évidemment ! », répond Splat.

Elle le regarde avec cet air que seules les petites sœurs savent prendre.

« Sûr et certain ? »

Splat lève bien haut la moustache et sort de la cuisine d'un pas digne.

« J'ai été un gentil chat », dit-il.
Harry Souris est d'accord.

« J'ai même été très gentil. »
Harry Souris paraît moins sûr, et Splat est pris
d'un doute si horrible que sa queue se tortille
comme une chenille.

« Peut-être que je n'ai pas été assez gentil... »

Splat essaie de se souvenir...

« Si ! conclut-il. Je l'ai été, j'en suis sûr.
Mais au cas où... »

« MAMAN ! crie Splat. Je vais t'aider
             à tout préparer pour Noël ! »

« Hou là ! » dit sa maman.
Et Splat croit qu'elle veut dire :
« Merci beaucoup. Tu es vraiment
un gentil chaton. »
Alors il essaie de se
rendre très utile.

« J'ai lavé la vaisselle de Noël, Maman », dit Splat.

« Merci, dit sa maman. Mais elle n'était pas sale. »

« Je sais, mais je l'ai lavée quand même !
Parce que je suis un très gentil chat. »

« Ça y est, Maman ! dit Splat. Le sapin de Noël est décoré. »

« Mais... il était déjà décoré ! » s'étonne sa maman.

« Oh ! pas assez, dit Splat. Mais maintenant, voilà,
il est parfait. »

« Je vais balayer la neige devant l'entrée, Maman », dit Splat.
« Attends ! » lui crie sa maman.

« N'ouvre... pas... la porte ! »

TROP TARD !

« Être gentil, c'est fatigant », dit Splat.
« C'est sûr », dit sa maman.

« Je crois que je vais aller
me coucher, maintenant »,
déclare Splat.

« Bonne idée », dit sa maman.

Splat se blottit sous les couvertures et ferme les yeux.
Mais ses yeux ne veulent pas rester fermés.
« Je ferais peut-être mieux d'attendre le père Noël
pour lui dire que j'ai été très gentil », pense Splat.

Alors, Splat prend sa lampe de poche et il attend.
Plus un bruit... et puis, et puis...

clip-clop, clip-clop.
Splat entend les sabots des rennes sur le toit !

Mais voilà que le clip-clop se change en tic-tac !

Ce n'était que le bruit du réveil.

Splat se couche sur le côté, et là, soudain, une ombre sur le mur !

« Père Noël ! » s'écrie Splat.

Mais c'est seulement Harry Souris qui joue sur la fenêtre.

Splat pousse un gros soupir.
Il remonte son oreiller et continue
à attendre.

« Le père Noël va bien finir par arriver », se dit Splat.

Mais la nuit passe sans un bruit...

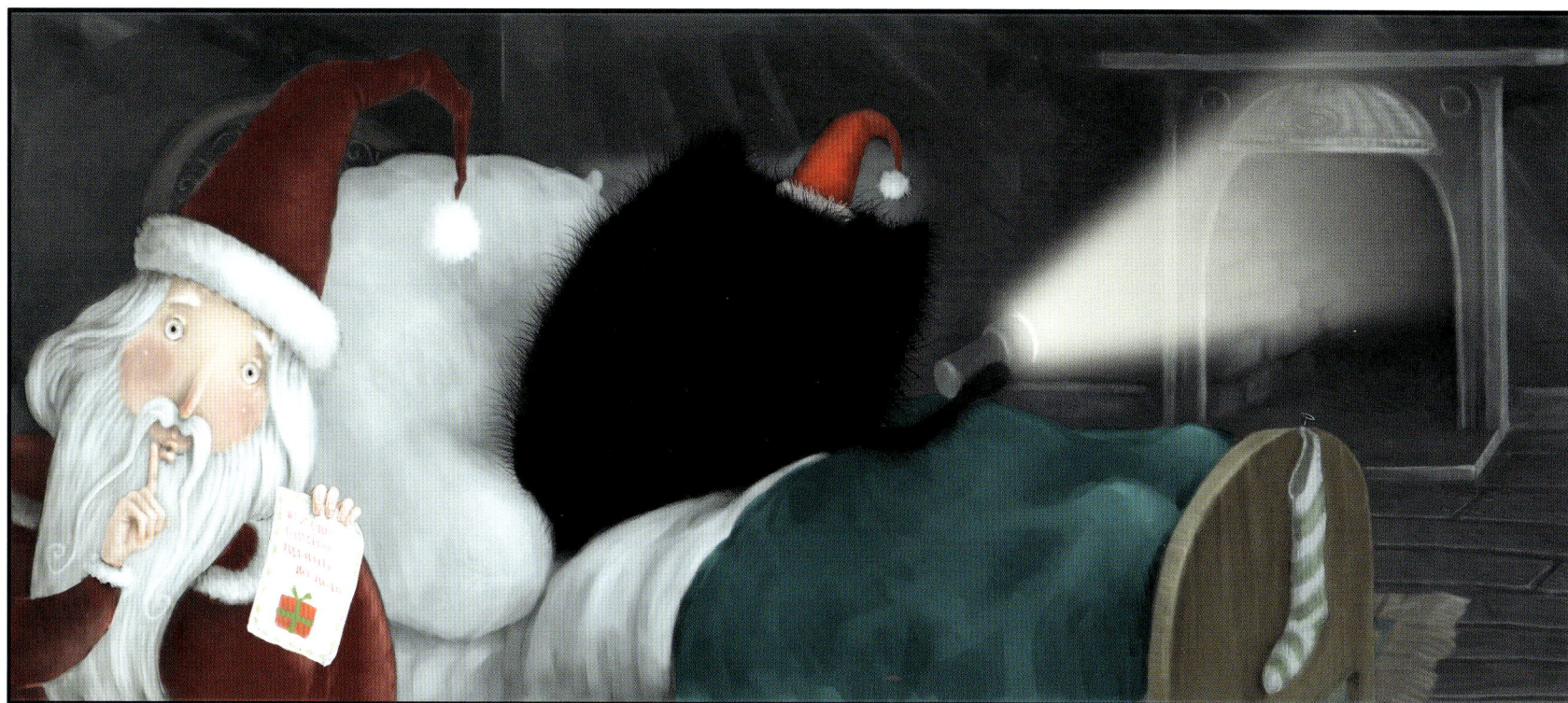

paisiblement... dans le plus grand silence.

Le matin de Noël vient enfin éclairer la fenêtre
de la chambre, mais Splat n'est pas pressé de se lever.
Sa petite sœur vient le chercher.
« Je crois que je n'ai pas été assez gentil », soupire Splat.

« Je te l'avais bien dit ! répond sa petite sœur.
Mais tu peux jouer avec ma Kitty, si tu veux. »
« Merci... » dit Splat d'une voix minuscule.

Sa petite sœur entraîne Splat dans l'escalier.
La maison est beaucoup trop silencieuse.

Autour du sapin, ni cadeaux, ni parents.
« Et voilà, dit Splat. Tout ça, c'est parce que
je n'ai pas été un gentil chat. Le père Noël
n'est même pas passé chez nous. »

Mais soudain toute la famille surgit de derrière le canapé.

« JOYEUX NOËL, SPLAT ! »

Et ses parents soulèvent un gros gros paquet.
Rien que pour Splat !

pour
Splat

« C'est le plus beau cadeau de Noël de toute ma vie ! » s'écrie Splat.